秋山甲斐句集

日日是好日

文學の森

序

二十年前になるであろうか、神奈川県警察の月刊機関誌「警友」の俳壇の選者を担当することになった。その投句のなかに抒情豊かな句を出し続ける人がいた。その人が秋山甲斐さんということを知ったのは数年後のことである。

過ぎ去りし日々蘇る遠花火　初瀬川保幸
追い越され追いつけぬまま年の暮　〃
しばらくは掌に受けておく岩清水　〃

初瀬川保幸は秋山甲斐さんのペンネームであった。
初めてお目にかかったときの印象が鮮明に残っている。凜凜とした眼の輝き、誰に対しても笑みを湛えてさわやかに向き合える。いつも変わらぬ風貌は、たちまち句会のリーダー的存在となっていかれた。一期一会を大切になさっているからであろう。作品の透明感は誠実な人柄と重なった。厳しい公務にあって連衆に伍しては、たちまち一座にさわやかな風を招く、不思議な風格の持主であった。
やがては県警察を支える要職へと昇りつめていかれた。集名である「日日是好日」は、中国唐の末期の禅僧雲門文偃禅師の言葉、どんな雨風の日であろうと、どんな出来事があっても、この一日は二度とないかけがえのない日であり、今日只今に常に積極的に集中して生きていけば、日日是好日となるというのである。今生きていることに感謝し、一日もおろそかにせず、真摯に生きることがいかに大切であるか、実践を心がけ努力し続けた結果が正にこの句集のかがやきへとつながったのであろう。自然の美と、人のあたたかさにつつまれて、俳句の静かな径をゆかれることを願いつつ、とりわけ私の好きな句を選び、改めてロマンを堪能したいと思う。

初蝶の山を背にする白さかな
チューリップ開きて空を迎へけり

花の上花の上へと花吹雪く

菖蒲湯の窓に夕日の山すこし

母の日の母の子供でありにけり

雨の日は雨受け止めし朴の花

菊人形会津の山を見てをりぬ

名山に深く分け入る茸狩

冬の山冬の畑を抱き寄する

どの足も皆家族なり夜の炬燵

平成二十八年　秋

長島衣伊子

句集　日日是好日／目次

装丁　巖谷純介

句集　日日是好日

第一章　少年

春の田へ向かひて速き水の音

水芹の白根は砂を摑みけり

鶯の一声森の静もりぬ

落ち初めて盛んとなるや山椿

初蝶の山を背にする白さかな

うれしくて高く低くの初つばめ

背伸びしてぜんまい渦を重ねたる
あるだけの白を揺らさむ花辛夷

チューリップ開きて空を迎へけり

春富士の雪もて頂整へる

半島の桜の中へ赤電車
ペダル漕ぐ春の光のある方へ

揺るるとも姿崩さじ白菖蒲
紅き薔薇崩るる紅き薔薇のなか

雨の日は雨受け止めし朴の花

紫陽花の道を背にする疲れかな

蜂入りてふるへてゐたる花かぼちや

蛍火の中に消えゆく蛍かな

荒ぶりて舞ひ上がりたる大揚羽

大人びてもう被らざる夏帽子

華やかな傘の行き交ふ星祭

掬はれて別れ別れの金魚かな

籐椅子の向かうに青き太平洋

いつよりか香水の数増えにけり

蟬しぐれ少年海をみつめたる

空蟬の背に深々と傷の痕

颱風の過ぐ海がある空がある

少しづつ過去となりたる夜長かな

菊人形会津の山を見てをりぬ

名山に深く分け入る茸狩

田の長さ稲架の長さとなりにけり

反り返り空を見てゐる案山子かな

行く秋の色あるものを惜しみけり

冬の山冬の畑を抱き寄する

雪掻きの後へ後へと雪積もる

凍滝のわづかに宿す水の音

獅子舞の中より若者出でにけり

青空を回してをりぬ梯子乗り

左義長のけぶる村より夕暮るる
崩れつつどんど激しく舞ひ上がる

第二章　旅

新緑の色を重ねし甲斐の渓
縦横に山女魚の影の走りけり

船堂々大桟橋に夏来る

薫風に軽きものみな吹かれけり

横須賀市芦名・浄楽寺

運慶の仏像五体夏の寺

行き止まる道の細さや著莪の花

先頭は赤き天狗の山開き

どつしりと樵朽ちてゆく万緑に

機関車の汽笛谺し梅雨明くる

棚田より棚田に落つる山清水

鎌倉の上に出でたり夏の雲

炎天に門開け放つ円覚寺

松の間に白波上がる夏座敷

空き瓶に雲の映りし晩夏かな

鳴きやみて秋蟬の山深くなる
水引草まこと小さき赤であり

露草のひとつそつぽを向きにけり

三溪園・雁ヶ音茶屋

松影にいさよふ月や溪の茶屋

芋煮会河原のけぶり百ほども
梢までのぼりつめたり蔦かづら

をちこちに民家寄り添ふ能登の秋

錦秋の谷間を縫へる飛騨の旅

学僧の紅葉分けゆく永平寺
笛の音の山越えてくる秋祭

秋深し小高き丘の音楽堂

鰡跳んで太き腹より波を打つ

濁り酒上一寸は澄んでをり

時雨れつつけぶる五箇山杣の道

蜜柑捥ぐ手の先に海ひらけゆく

スカイツリー真青に聳え冬に入る

朝市の鰤太々と横たはる
千枚の田をふちどれる今朝の雪

松島や沖の沖まで雪の島

寒鯉の流れて来たる眼かな

「雪こだけ何もねえべさ」津軽弁

鰑焼くストーブ列車に向き合ひぬ

五所川原・立佞武多の館

立佞武多冬の館に聳え立つ
雪解けを告ぐる越後の訛りかな

首を振り思ひ思ひに春の鳩

諏訪・御柱祭

大空を突きて落ち来る御柱

二宮町・吾妻山

春月の色滴らせ吾妻山

菜の花の沖行く船や島の影

たをやかに岬めぐれる春の海

遠足の帽子の色のつづきけり

第三章　海の幸山の幸

一尺の筍天を目指したる
父が上母は下から袋掛け

柿若葉村に残りし庄屋門
青空を深く沈めし植田かな

田草取山へ大きく腰伸ばす

芋の葉や眼を閉ぢてゐる青蛙

蒼々と草刈鎌の砥がれたる
刈られゆく十薬の香の深さかな

蛇苺牛の眼の光りけり

麦藁の帽子戻るや昼餉どき

桑の実を含めば鳥の声まぢか

花柘榴十戸の暮し見てをりぬ

初生りの瓜のか細き夜明けかな

草摑む背に容赦なき大西日

送火や忘れぬやうに山を見る

馴染みたる腰の手拭秋暑し

玄関の赤は吊るせし唐辛子

芋の露こぼれむとして留まりぬ

野良仕事終へて聞き入る虫の声

彼岸花段々畑登りゆく

海の幸山の幸盛る秋祭

半分は刈田となりし谷戸の暮

稲架解いて稲の匂ひの広がりぬ
新米の研ぎたる真白透きとほる

立冬の青菜抱へて帰り来る

蜜柑積む小さきトラック下りゆく

畝の穴数へてをりぬ大根引き

二股の大根畑に残さるる

青空の果てを確かめ大根干し

沢庵を漬くる山並み濃くなりぬ

里神楽とつぷり暮れてしまひけり

猪鍋や猟師手柄を語りたる

雪掘りて太き大根の現るる
白菜のでんと置かれし厨口

凍つる日の水車の影の回りけり

初春の掌に受く朝日かな

日没を合図としたりどんど焼
火守りの一人残りしどんどかな

雪折れの竹へ大鉈振り下ろす

雪の野に雀一羽のあらはるる

立春の川の行方を見てをりぬ

泥の手をあづけてゐたる春の水

春泥の足跡畑へ向かひたる

樹が花に花が樹になり辛夷咲く

種まきの畝清々と並びたる
長閑さやラジオ流るる町役場

第四章　樹齢

あるだけの大皿小皿盆の家

新盆の灯りほのかに回りけり

山梨県富士川町平林

大杉の樹齢千年墓洗ふ

踊の輪果つる遥かに家灯り

赤とんぼ夕日に朱を増しにけり

追ひかける子を追ひかける赤とんぼ

月見の子うさぎの形言ひ合へる
満月のだんごの山に昇り来る

玉砂利に駆け出してゆく七五三

風呂吹きの厚きが二つ父の席

風邪の子の紅き頬して見つめけり

ねんねこの寝息静かに下ろしたる

親となり冬至南瓜を買ひにゆく

しまひ湯の不揃ひの柚子集めけり

どの足も皆家族なり夜の炬燵

洗ふもの洗はざるもの年の暮

初鏡うしろ髪まで整へて

割烹着の白ゆるやかに屠蘇を注ぐ

スイス・ジュネーブより

嫁ぎたる声はつらつと初電話

たれよりも子の先願ふ初詣

教へたる春の七草言ふ子かな

吹きさまし吹きさまし子に七日粥

普段着で送りし母や成人の日

嬰児の甘きぬくもり春浅し

あはあはとぼんぼり回る雛の宴

野の花を波に零しぬ雛の舟

瀬に乗りて雛の列の定まりぬ

流し雛送りし両手火にかざす

三歳と五歳の頭葱坊主

菖蒲湯の肩までつかり十かぞふ

五月晴れ笑顔ふたつの走りくる
さくらんぼ並べてをりぬ姉弟

燕の子泣けば母さんほら来るよ

三人の少年隠す草いきれ

宿題をやる子やらぬ子夏旺ん

喧嘩して泣いてゐる子や夕焼くる

飲み終へて子に遊ばるるラムネ玉

走る子を押さへてはたく天花粉

端居して夕餉の声を待ちにけり

腕白が棒で夏草打ちに打つ

大小の枕の並ぶ寝茣蓙かな

眠るまで今日を語りぬ日焼けの子

夜濯ぎの音止み妻の上り来る

帰省子の広き背中を見送りぬ

第五章　雨上がる

蜻蛉の高みに飽きて下りくる
蟷螂の細き姿で風を受く

野の草の野の露まとひ明け初むる
揺れはじめ風の尾花となりにけり

たはむれの野菊一輪髪に挿す
重なりて色を濃くせる夕紅葉

をしどりの遅れし一羽待ちにけり

浮寝鳥浅き眠りの水輪かな

陽だまりをまろく跳ねたり初雀

隠しつつやがて見せ合ふ初御籤

並びたる影の丸さや日向ぼこ

冬薔薇紅固くして咲きにけり

臘梅のやはき色して香りけり

逆さまになりて目白の梅通ひ

水仙の香り続くや荒磯まで
啼き止みて帰雁はるかに列をなす

鷺白く川面の春を渡りくる

賑やかや春の小雨の軒雀

朝靄をつきてしきりに雉の声

空の色広げ白木蓮揺れてゐる

いち日を零し夕べの雪やなぎ

手のひらで柳の青を分けにけり

雨上がる空に花の句口ずさぶ

花の上花の上へと花吹雪く

山国の懐深し桃の花

山藤の空より流れくるばかり

朝の日に膨らむ森や百千鳥

天辺のたらの芽空へ開きたる

野茨の花のはじめの瀬音かな

菖蒲湯の窓に夕日の山すこし

ほうたるのこはれさうなる光かな
今年竹空の曇りを掃くやうに

山門に黒きをたたむ夏の蝶

殻を振り大蝸牛動き出す

白蓮の紅の僅かを宿しけり

山百合の香り深むや夜の来たる

朝どりの茄子真白の塩まぶす

井戸水に縞の西瓜の躍りだす

白桃の男に御せぬ丸さかな

蜩の声遠ざかる灯をともす

第六章　峠

軍手して女行商冬列車

始発駅一人ひとりの寒さかな

誰もみな黙してをりぬ冬のバス

着ぶくれを吐き出してゆく列車かな

しとやかに白きセーター盛り上がる

コート着て男の貌の険しかり

商ひの声に押さるる師走かな

賑はひを抜けて聖夜の人となる

凍つる夜の果てへネオンの流れかな

語り部の背に来たりし雪女郎

大漁旗冬の怒濤を押し来たる

この星に生を受けたり冬銀河

凍星の一つ見定め出勤す

単身の公舎に夜々の虎落笛

切山椒卒寿の母の送り来し

厳冬の甲斐駒荒く壁をなす

踏みしめし雪の音のみ聞こえけり

舞鶴引揚記念館
父保幸、昭和二十二年一月、「明優丸」にてシベリアより復員

極寒や収容所のこと父のこと

母見舞ひ雪の峠を越えにけり

震災の村を隠せる深雪かな

震災の町に勇気の卒業歌

指太く値札つけゆく植木市

母の日の母の子供でありにけり

青年の腕逞し更衣

店先に小さき花束夏の菊

昼寝覚め淡き旅より帰り来る

打水に夕べの空の映りけり

蟬しぐれ蟬の骸に降りそそぐ

サングラスかけて他人の顔をせり
花柄のサマードレスの振り向ける

シャンパンに口づけをせし晩夏かな

したたりて海へ落ちゆく大花火

炎昼に影を連ねし僧の列

炎天に鉄骨を組む男かな

靖国の真夏の空や大鳥居

終戦忌昭和のことを語りけり

赤銅の男船曳き夏果つる

大警備終へて月下の人となる

仲秋の夜や牧水を口ずさみ

たなごころ添へて納むる秋扇

鰯雲群れて夕日を追ひにけり

秋灯の一つとなりて列車過ぐ

厨より栗むく音のひびきけり

一枚の衣に頼る夜寒かな

第七章　飛行機雲

代掻きの連山大きく映しけり

鈴生りの枇杷大木を揺らしたる

黒塀の内に紫蘭の盛りかな

夕風の緑陰に来て髪を解く

笹の葉の青きを添へし夏料理

くぐらせて親も入りたる茅の輪かな

浴衣の子浴衣の母を見上げたる

お仕舞の線香花火に手を添へぬ

林道を横切る蛇や半夏生

夕立の峠下りくる迅さかな

店番の居りぬ首振る扇風機

一匹の蟬を弔ふ蟻の列

行く夏の翅引き摺りて歩む蝶

天の川人眠るとき現るる

極太の蒼きインクの秋便り

鶏頭の色褪せていく生きてゐる

海に波空に波打つ鰯雲

秋天の飛行機雲の果てに空

冬瓜の撫でて抱かれて買はれ行く

寒風を突きて列車のすべり来る

酉の市女ばかりの手締めかな

かつがれて町へ出で行く大熊手

賑はへる裏の通りも酉の市

冬鳥や冬の大地をつつきたる

水鳥の静かに二羽となりにけり

子供らの帰つてしまふ雪だるま

遠富士へ幾重幾重の雪景色

初句会互ひの無事を確かむる

泣きじやくり鬼に豆打つ園児かな

霜晴れや固まりてゆく登校児

梅の里富士を真西に置きにけり

梅活ける今日からのこと心して

立春の鍬高々と振り上ぐる

いつまでも春の寒さを語りけり

そばだてて森の初音を確かむる
高みより鴉見てゐし人の春

愚痴言はぬ人でありたし菫草

たうたうと雲を流せる春の富士

見送るも見送らるるも花の下

うららかや手をつなぎたる道祖神

蝌蚪泳ぐ田一枚を住み処とし

泰山木悠然と白開きけり

句集　日日是好日　畢

あとがき

　俳句をはじめてから二十年ほどの時が経ち、この機会に句集に纏めることにしました。句集名の「日日是好日」は、私の好きな言葉です。人生には、晴れの日や雨の日があるように、穏やかな日々だけではなく、時には思いがけない試練に向き合うこともあります。

　しかし、俳句と出会ったことにより、どんな時も驕らず挫けずに、毎日を精一杯生きていこうという素直な気持ちになれたことは幸いでした。

　俳句は、誰にでもできる間口の広い文芸ですが、句作を続けることにより自分自身の中にありながら気付かなかった感性を知ることがあります。それは人生のささやかな感動と喜びになり、俳句の奥深さは、自分発見の終わりのない長い旅のようにも思えてきます。

師である長島衣伊子先生には、我々職場メンバーでつくる「海岸通り俳句会」を初期のころから熱心にご指導していただきました。

毎月の句会では、いつも投句された作品ひとつひとつを丁寧にわかりやすく講評しながら励ましてくださり、元気な明るいお人柄も相俟って誰もが元気づけられたものです。お蔭様で、今では会員それぞれが個性を発揮しながら、俳句を学び楽しみ、人生の生きがいと感じられるようになりました。

また、先生の俳句への確固たる情熱と私利私欲のない公平で誠実な姿勢には、人としての在り方までを学ぶことができました。

この度の句集刊行に当たっては、身に余るご序文をいただき、改めて深く感謝申し上げます。

この句集をこれまで支えてくれた両親、家族、さらには「朴の花」の句友をはじめご縁をいただいた多くの皆様に捧げたいと思います。出版には、「文學の森」の懇切丁寧なご支援をいただきました。心からお礼を申し上げます。

秋山甲斐

平成二十八年　白秋

著者略歴

秋山甲斐（あきやま・かい）　本名　雅彦

昭和30年　山梨県に生まれる
平成８年　「朴の花」入会
平成18年　「朴の花10周年記念賞」受賞
平成20年　「朴の花賞」受賞
現　　在　俳人協会会員、「朴の花」同人

現 住 所　〒256-0802
神奈川県小田原市小竹822-92

句集

日《にち》日《にち》是《これ》好《こう》日《にち》

発　行　平成二十八年十一月一日
著　者　秋山甲斐
発行者　大山基利
発行所　株式会社　文學の森
〒一六九-〇〇七五
東京都新宿区高田馬場二-一-二　田島ビル八階
tel 03-5292-9188　fax 03-5292-9199
e-mail　mori@bungak.com
ホームページ　http://www.bungak.com
印刷・製本　竹田　登

ISBN978-4-86438-577-0　C0092